冰絲館加評
此折及遇母
折全力摹仿
琵琶善於變
化使人不覺

(瓦盆兒)去遲科試收場鎖院散羣豪、(旦)咳、原來去遲了、(生)喜逢著舊知交(旦)可會補上、(生)虧他滿船明月又把去珠淘、(旦)喜介好了、放榜未、(生)恰正在奏龍樓開鳳榜蹊蹺(旦)怎生蹊蹺、(生)你不知那李全兵起、殺過淮揚來了、恠喇煞細柳營權將杏苑抛、剛則遲誤了你夫人花誥(旦)遲也不爭幾時、則問你淮揚地方便是俺爹爹管轄之處了、(生)便是(旦)哭介天也俺的爹娘怎了(泣介)(生)直恁的活擦擦痛生生腸斷了、比如你在泉路裏可心焦(旦)罷了、奴有一言未忍啓齒、(生)但說不妨(旦)柳郎放榜之期尚遠、欲煩你淮揚打聽爹娘消耗、未審許否、(生)謹依尊命、奈放小姐不下、(旦)不妨、奴家自會支吾(生)這等就此起程了、

(榴花泣)(旦)白雲親舍、俺孤影舊梅梢、道香魂恁寂寥怎知魂向你柳枝銷、維揚千里、長是一靈飄、回生事少、爹娘呵、聽的俺活在人間驚一跳、平白地鳳壻過門、好似半青天鵲影成橋

(前腔)(生)俺且行且止、兩處係心苗、要留旅店伴多嬌、(旦)有姑姑為伴、(生)陰人難伴、你這冷長宵、把心兒不

沃雨堂加評
平白地對半
青天工極活
極匪夷所思

惡謔

就春容上出支節生意勃勃

冰絲館云調舊作喬誤今從三婦本改訂

快雨堂加圈并評亦是妙對

冰絲館加評秦學士流水孤村柳屯田霜風殘照有過之無不及

又防餘醋暗

定還怕你舊魂飄（旦）再不飄了、（生）俺文高中高、怕一時榜下歸難到、（旦泣介）俺爹娘呵、（生）你念雙親捨的離情、俺爲半子怎惜攀高、小姐早人拜見岳翁岳母、起頭便問及回生之事了、

漁家燈（旦嘆介）說的來似怪如妖、怕爹爹執古妝喬、（想介）有了、將奴春容帶在身傍、但見了一幅春容少不的問俺兩下根苗、（生）問時怎生打話、（旦）則說是天曹偶然注定的姻緣到驀踏著墓墳開了、（生）說你先到俺書齋纔好、（旦羞介）休調、這話教人笑、略說與梅香賊牢

前腔（生）俺滿意兒待駟馬過門、和你離魂女同歸氣高、誰承望探高親去傍干戈、怕寒儒欠整衣毛、（旦）女壻老成些不妨、則途路孤恓、使奴罣念、（生）秋宵雲橫鴈字斜、陽道向秦淮夜泊魂銷、（旦）夫、你去時冷落些、回來報中狀元呵、（生）名標大拜門喧笑、抵多少駙馬還朝、（淨上）雨傘晴兼雨、春容秋復春、包袱雨傘在此、

尾聲（旦拜別介）（旦）秀才郎探的箇門楣著、（生）報重生這懽聲不小、（旦）柳郎、那裡平安了便回、休只顧的月明、

答寃飄

橋上聽吹簫。

不爲經時謁丈人劉商囊無一物獻尊親杜甫

馬蹄漸入揚州路章孝標兩地各傷無限神元稹

第四十五齣　寇間

【包子令】老旦外扮賊兵巡哨上大王原是小嘍囉、嘍囉娘娘原是小軍婆、軍婆立下箇帥朝忒快活、虧心又去搶山河、【合】轉巡羅山前山後一聲鑼、兄弟大王爺攻打淮城、要箇人兒杜安撫打話、大路頭影兒沒一箇小路頭尋去、【唱前合下】

生員字妙

駐馬聽（末雨傘包袱上）家舍南安、有道為生、新失館、

要腰纏十萬、教學千年、方纔貫滿、俺陳最良為報杜

小姐之事、揚州見杜安撫大人、誰知他淮安被圍、教

俺沒前沒後、大路上不敢行走、抄從小路而去、學先

師傳食走狐旋、怯書生避寇遭塗炭、你看樹影彫殘、

猿啼虎嘯教人歎、（老外上）明知山有虎、故向虎邊行、

鳥漢那裡去、（拿介）（末）饒命大王、（外）還有箇大王哩、（末）

天天怎了、正是烏鴉喜鵲同行、吉凶全然未保、（並下）

普賢歌（淨丑衆上）莽乾坤生俺賊兒頭、誰道賊人膽

裏單南朝道俺番、北朝笑俺蠻、惹天公有處安排俺、

（淨）娘娘、俺和你圍了淮安許時、只是不下、要得箇人

去淮安打話、兼看杜安撫動定如何、則眼下無人可

使哩、（丑）必得杜老兒親信之人、將計就計、方纔可行、

粉蝶兒（外綁末上）沒路走羊腸、天天呵撞入這屠門

怎放、（見介）（外稟）大王、拿的箇南朝漢子在此、（淨）是箇

老兒、何方人氏、作何生理、（末）聽稟、

大迓鼓生員陳最良、南安人氏、訪舊淮揚、（淨）訪誰、（末）

便是杜安撫、他後堂曾設扶風帳、（丑）你原來他衙中

呆意

婦人。（內擂鼓生扮報子上介）報報報、揚州路上兵馬、殺了杜安撫家小、竟來獻首級討賞、（淨看介）則怕是。。假的。。（生）千眞萬眞、夫人甄氏、這使女叫做春香、（末）做看、認、驚、哭介、（天阿、眞箇是老夫人和春香也、（淨）嗟腐儒啼哭什麼、還要打破淮城、殺杜老兒去、（末）饒了罷。。。大王、（淨）要饒他、除非獻了這座淮安城罷、（末）這、等、容生、員、去、傳、示、大、王、虎威立取回報、（丑）大王恕你一刀、腐儒快走、（內擂鼓發喊開門介）（末作怕介）

【尾聲】顯威風記的這溜金王、（淨丑）你去說與杜安撫呵、著什麼耀武揚威早納降、俺實實的要展江山非是謊、（下）（末。打。躬。送。介）（弔場）活強盜、活強盜、殺了杜老夫人春香、不免城中報去、

海神東過惡風迴　李白　日暮沙場飛作灰　常建
今日山翁舊賓主　劉禹錫　與人頭上拂塵埃　李山甫

第四十六齣　折寇

【破陣子】（外戎裝佩劍引衆上）接濟風雲陣勢、侵尋歲月邊陲、（內擂鼓喊介）（外嘆介）你看虎咆般砲石連雷碎、鴈翅似刀輪密雪施、李全李全、你待要霸江山吾

布迓景接板意

之衆、破此何難、進退遲疑、其間有故、俺有一計可救圍、恨無人與遊說、(內擂鼓介)(淨扮報子上)羽檄場中無鴈到、鬼門關上有人來、好笑、城圍的鐵桶似緊、有秀才來打秋風、則索報去稟老爺、有箇故人相訪、(外)敢是奸細、(淨)說是江右南安府陳秀才、(外)這迂儒怎生飛的進來、快請快請、

浣溪沙(末上)擺旌旗添景致、又不是、鬧元宵鼓砲齊飛、杜老爺在那裡、(外出笑迎介)忽聞的千里故人誰(嘆介)原來是先生到此、教俺驚垂淚、(末)老公相頭通白了、(合)白首相看俺與伊、三年一見愁眉、(拜介)(末)集

唐(末)頭白乘驢懸布囊、(盧綸)(外)故人相見憶山陽、(譚用之)(末)橫塘一別千餘里、(許渾)(外)却認并州作故鄉、(賈島)(末)恭諗公相、又苦傷老夫人回揚州、被賊兵所算了、(外驚介)怎知道、(末)生員在賊營中、眼同驗過老夫人首級、和春香都殺了、(外哭介)天呵、痛殺俺也、

玉桂枝相夫登第、表賢名甄氏吾妻、稱皇宣一品夫人、又待伴俺立雙忠烈女、想賢妻在日、想賢妻在日、淒然垂淚、儼然冠帔、(外哭倒衆扶介)(末)我的老夫人

鑒然

玉茗堂還魂記卷下

在此、【集唐】誰能談笑解重圍、皇甫冉萬里寥天鳥不飛、高駢今日海門南畔事、高駢滿頭霜雪爲兵機、韋莊我杜寶自到淮揚、即遭兵亂、孤城一片、困此重圍、只索調度兵糧、飛揚金鼓、生還無日、死守由天、潛坐敵樓之中、追想靖康而後、中原一望、萬事傷心、

【玉桂枝】【外】問天何意、黯三光慘淡、紅旗把烽烟吹滿人間、這望中原做了黃沙片地、【惱介】猛冲冠怒起、猛冲冠怒起、是誰弄的江山如是、【嘆介】中原已矣、關河困心、事違也則願保揚州、濟淮水、俺看李全賊數萬

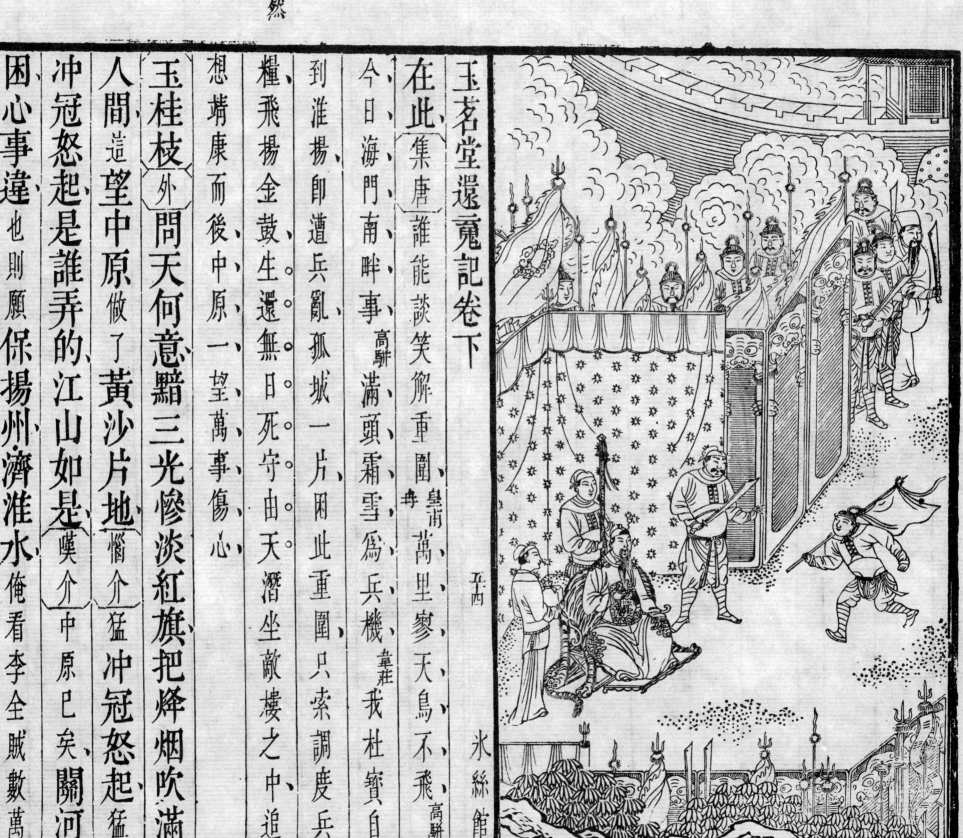

[illegible]實形至

冰絲館加評
如此運用琵琶真是烟雲變滅

老夫人怎了、你將官們也大家哭一聲兒麼、衆哭介
老夫人呵、外作惱拭淚介。呀、好沒來由、夫人是朝廷
命婦、罵賊而死、理所當然、我怎爲他亂了方寸、灰了
軍心、身爲將、怎顧的私、任恓惶、百無悔、陳先生、溜金
王還有講麼、末不好說得他還要殺老先生。外咳、他
殺俺甚意兒、俺殺他全爲國、末依了生員、兩下都不
要殺、做扯外耳語介那溜金王要這座淮安城、外噤
聲、那賊營中是一箇座位、兩箇座位、末他和妻子連
席而坐、外笑介這等吾解此圍必矣、先生竟爲何來、

末老先生不問、幾乎忘了、爲小姐墳兒被盜、竟此相
報、外驚介天呵、塚中枯骨、與賊何仇、都則爲那些寳
玩害了也、賊是誰、末老公相去後、道姑招了箇嶺南
遊棍柳夢梅爲伴、見物起心、一夜刼墳逃去、屍骨投
之池水中、因此不遠千里而告、外嘆介女墳被發。夫
人遭難。正是未歸三尺土。難保百年身。旣歸三尺土。
難保百年墳。也索罷了、則可惜先生一片好心、末生
員拜別老公相後、一發貧薄了、外嘆介軍中倉卒無
以爲情、我把一大功勞、先生幹去、末願效勞、外我久

此齣遵進呈本略從删節

寫下咫尺之書、要李全解散三軍之衆、餘無可使、煩公一行、左右、取過書儀來、儻說得李全降順、便可歸奏朝廷、自有箇出身之處、生取書儀介儒生三寸舌、將軍一紙書、書儀在此、末途費謹領、送書一事、其實怕人、外不妨、

榴花泣兵如鐵桶、一使在其中、將折簡去和戎、陳先生、你志誠打的賊兒通、雖然寇盜奸雄、他也相機而動、末恐遊說非書生之事、外看他開圍放你來、其意可知、你這書生正好做傳書用、末仗恩臺一字長城

借寒儒八面威風、内鼓吹介

尾聲戍樓羌笛話匆匆、事成呵、你歸去朝廷沾寸寵、這紙書敢則是保障江淮第一封、

隔河征戰幾歸人 劉長卿　五馬臨流待幕賓 盧綸
勞動先生遠相訪 王建　恩波自會惜枯鱗 劉長卿

第四十七齣　圍釋

雙勸酒淨引衆上横江虎牙、插天鷹架、擂鼓揚旗衝車甲馬、把座錦城牆圍的陣雲花杜、安撫你有翅難加、自家李全、攻打淮城日久未下、外勢雖然虎踞中

心未免狐疑、且待娘娘出來討議、（丑上）驅兵捉將蚩尤女、捏鬼粧神豹子妻、大王圍城日久、我每雖然攻擊甚力、那杜安撫却也預備有方、怎生想箇計策、打破此城方好、（淨）俺正在這裏慮哩、目下堅壁嚴城相持日久、倘宋家再選精兵、兼程策應、外攻內合、那時豈不進退兩難、若就此退兵、又怕金朝責問、爲此委決不下、專待夫人商議、（丑）奴家也正慮此、前日放那老秀才進城、一者要搖動他的軍心、二則也是暗透箇消息與他、看有甚麼機會、再作商量便了、

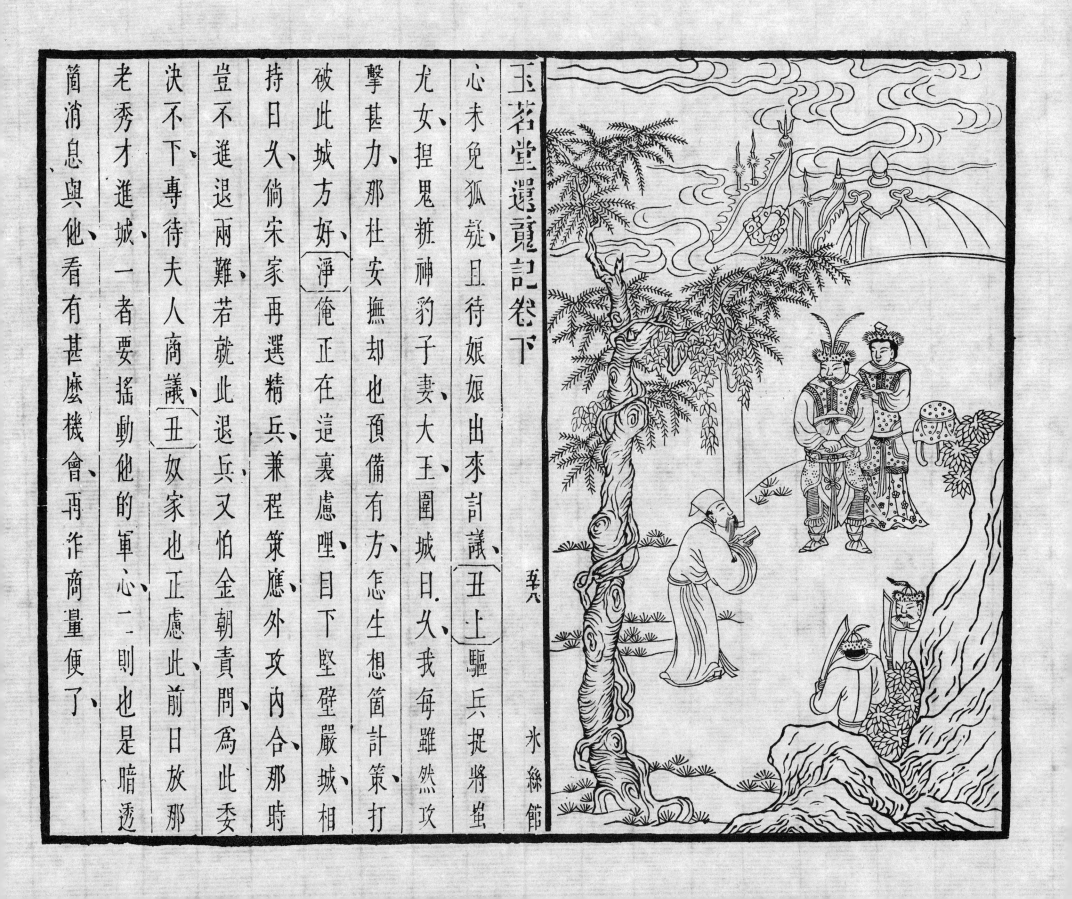

縷縷金（末上）無之奈、可如何、書生承將令、强嘍囉、（內喊末驚跌介）一聲金砲響、將人跌蹉、可憐可憐、啓札札干戈、其間放著我、（衆唱門介）生。。員進。（末見介）萬死、一、生、生員陳最良、百拜大王麾下、娘娘麾下、（淨）杜安撫獻了城池、（末）城池、、不爲希罕、敬來獻一座王位與大王、（淨）俺久已爲王了、（末）正是官上加官、職上添職、杜安撫有書呈上、（淨看書介）通家生杜寶、頓首李王麾下、（問末介）秀才、我與杜安撫有何通家、（末）漢、朝有箇、李、杜、至、交、唐、朝、也、有、箇、李、杜、契、友、因此杜安撫斗

膽稱箇通家、（淨）這老兒好意思、書有何言、

（一封書）（讀介）聞君事外朝、虎狼心難定、交肯回心聖朝、保富貴、全忠孝、平梁取采須收、好背暗投明、帶早超、憑陸賈說、莊蹻顯、望麾慈即鑒昭、（笑介）這書勸我降宋、其實難從、外客啓一通、奉呈尊閫夫人、（笑介）杜安撫也畏敬娘娘哩、（丑）你念我聽、（淨看書介）通家生杜寶、斂衽楊娘娘帳前、咳、也杜安撫與娘娘又通家起來、（末）大王通得去。娘娘也通得去。（淨）也通得去、只漢子不該說斂衽、（末）娘娘肯斂衽而朝、安撫敢不斂

祚而拜、[丑]說的好、細念我聽、[淨]念書[介]通家生杜寶、欽祚楊娘娘帳前、遠聞金朝封貴夫爲溜金王、並無封號、及于夫人、此何禮也、杜寶久已保奏大宋勅封夫人爲討金娘娘之職、伏惟粧次鑒納不宣、好也、倒先替娘娘討了恩典哩、[丑]陳秀才、怎麽叫做討金娘娘、[末]受了封誥、後娘娘要金子都來宋朝取用、[丑]這等是宋朝美意、[末]不說娘娘便是衛靈公夫人也說宋朝之美、[丑]這等、連你也受了宋朝封典罷、[末]只是不要退悔、[丑]俺主定了、便寫下降表回奏南朝、

前腔[淨]歸依大宋朝、怕金家成禍苗、[丑]秀才、你擔承這遭、要黃金須任討、[末]大王、你鄱陽湖磬響收心早、娘娘、你黑海岸回頭星宿高、[合]便休兵隨聽招免的名標在叛賊條、[淨]秀才、公館留飯、星夜草表齎發秀才去、[舉手送末拜別介]

（江西聲口）

尾聲[淨]咱比李山兒何足道、這楊令婆委實高、[末]帶了你這一紙降書、管取那趙官家歡笑倒、[末下][淨丑]弔場[丑]如今降便降、只是還有一慮、俺們作此大賊、全仗北朝威勢、如今反了臉、南朝拿你何難、[淨]作惱

介 哎喲、俺有萬夫不當之勇、何懼南朝、丑 你真是箇楚霸王、不到烏江不止、淨 狐說、便作俺做楚霸王要你做虞美人、定不把趙康王占了你去、丑 罷、你也做霸王不成。奴家的虞美人也做不成。換了題目做、淨 什麼題目、丑 范蠡。載西施、淨 五、湖、在、那里、去做、海賊、便了、丑 作分付介 衆 三軍、俺已降順了南朝、暫解淮圍、海上伺候去、衆 應介 解圍了、內 鼓介 丑 分付三軍、就此起行、行介

江頭送別淮揚外淮揚外海波搖動東風勁東風勁錦帆吹送。奪取蓬萊爲巢洞。鰲背上立著旗峰。

前腔 順天道順天道放些兒閒空招安後招安後再交兵言重悔殺了鬧江淮傷炎宋權袖手做箇混海癡龍、衆 稟大王出海了、淨 且下了營、消停進發、

秋風蕭瑟靜埃氛 盧弼　龍鬬雌雄勢已分 常建
獨把一麾江海去 杜牧　莫將弓箭射官軍 竇鞏

第四十八齣 遇母

十二時 旦上 不住的相思鬼、把前身退悔土臭全消肉香新長嫁寒儒客店裏孤栖、淨上 又著他攀高謁

兩言安頓活現

玉茗堂還寃記卷下

貴、浣溪沙旦寂寞秋聰冷篳紋、淨明瑠玉枕舊香塵、旦斷潮歸去夢郎頻、淨桃樹巧逢前度客旦翠烟眞是再來人合月高風定影隨身、旦姑姑奴家喜得重生、嫁了柳郎、只道一舉成名、同去拜訪爹媽、誰知朝廷爲著淮南兵亂、開榜稽遲、我爹娘正在圍城之內、只得賫發柳郎往尋消耗、撇下奴家、錢塘客店、你看那江聲月色、悽愴人也、淨小姐比你黃泉之下、景致爭多、旦這不在話下、

針線箱雖則是荒村店江聲月色、但說著墳窩裏前

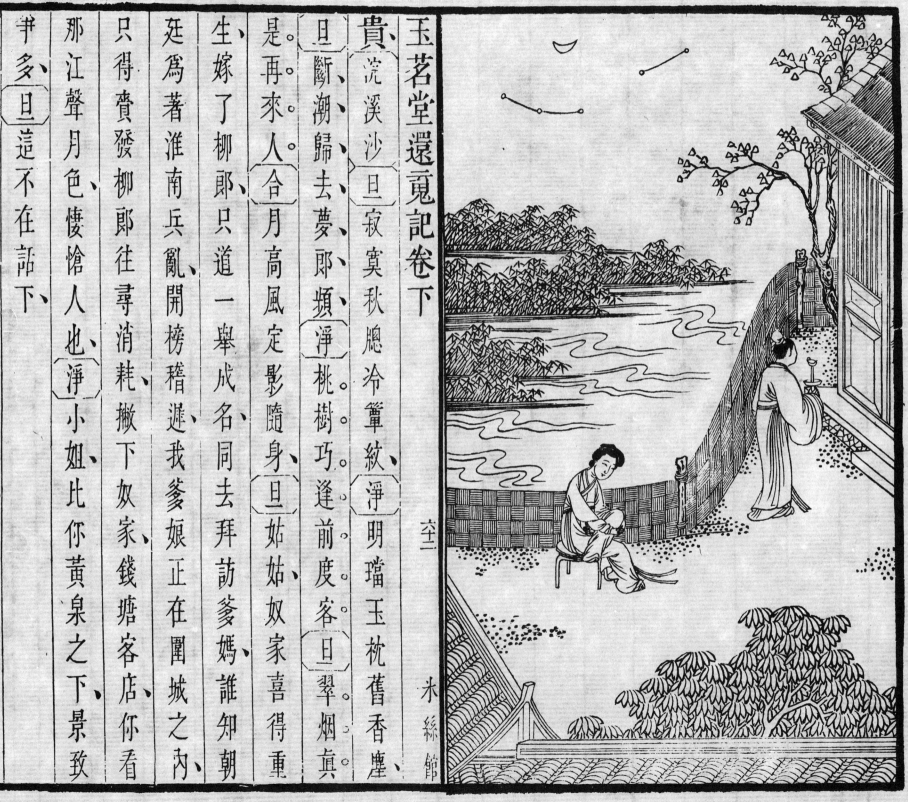

恰宜敘舊

漸漸嚇來

拈觸便不放過

如此太輳尚似有憾 冰絲館云似無憾

生今世、則這破門簾、亂攢、星光內、煞强似洞天黑地、姑姑呵、三不歸父母如何的七件事兒夫家靠誰心悠曳、不死不活睡夢裏爲箇人兒淨似小姐的罕有

前腔伴著你半間靈位又守見你一房夫壻旦姑姑、那夜搜尋秀才知我閃在那裡、淨則道畫幀兒怎放的箇人迴避做的事瞞神謊鬼昏黑了、你看、月兒黑黑的星兒晦螢火青青、似鬼火吹旦上燈哩、淨没油黑坐地三花兩焰留的你照解羅衣旦夜長難睡還向主家借些油去、淨你院子裏坐地咱去來合著油、瓶蓋踏碎玉蓮蓬、下旦玩月嘆介

月兒高老旦貼行路上江北生兵亂江南走多半不載香車穩趿的鞋鞮斷夫主兵權望天涯生死如何判前呼後擁、一箇、春香伴鳳髻消除。打不上揚州纂上岸了到臨安趁黃昏黑影林巒生忔察的難投館

貼且喜到臨安了、老旦咳萬死一逃生得到臨安府、俺女娘無處投長路多孤苦、貼前面像是箇半開門兒驀了進去、老旦進介呀門房空靜內可有人旦誰、貼是箇女人聲息待打叫一聲開門、

冰絲館云改處似不如原本

頓

不是路【旦驚介】斜倚雕闌何處嬌音喚啓關【老旦】行程晚女娘們借住霎兒間【旦】聽他言聲音不似男兒漢待自起開門月下看【見介】【旦】是一位女娘請裏面坐【老旦】相提盼人間天上行方便【旦】趨迎遲慢趨迎遲慢【打照面介】【老旦作驚介】

前腔破屋頹椽【姐姐呵你怎】獨坐無人燈不燃【旦】這閑庭院玩清光長送過這月兒圓【老旦背叫貼】春香這像誰來（小姐）【貼驚介】不敢說好像小姐【老旦】你快瞧房兒裏面還有甚人若沒有人敢是鬼也【貼】下【旦】背這

位女娘好像我母親那丫頭好像春香【作回問介】敢問老夫人何方而來【老旦嘆介】自淮安我相公是淮揚安撫遭兵難我避虜逃生到此間【旦背介】是我母親了我可認他【貼慌上背語老旦介】一所空房子通沒箇人影兒是鬼是鬼【老旦作怕介】【旦】聽他說起是我的娘也【旦向前哭娘介】【老旦作避介】敢是我女孩兒怠慢了你你活現了春香有隨身紙錢快丟快丟【貼丟紙錢介】【旦】兒不是鬼【老旦】不是鬼我叫你三聲要你應我一聲高如一聲【做三叫三應聲漸低介】老

旦是鬼也、旦娘你女兒有話講、老旦則略靠遠、泠淋
侵一陣風兒旋這般活現、旦那些活現旦扯老旦又
作怕、介兒手恁般冷貼叩頭介小姐休要撚了春香
老旦兒不會廣超度你是你父親古執、旦哭介娘你
這等怕女孩兒死不放娘去了
前腔淨持燈上門戶牢拴、爲甚空堂人語誼照地介
這青苔院怎生吹落紙黃錢貼夫人來的不是道姑、
老旦可是、淨驚介呀老夫人和春香那裡來這般大
驚小怪看他打盤旋那夫人呵怕漆燈無焰將身遠

小姐恨不得幽室生輝得近前旦姑姑好來奶奶害
怕貼這姑姑敢也是箇鬼淨扯老旦照旦介休疑憚
移燈就月端詳遍、可是當年人面、合是當年人面、老
旦抱旦泣介兒呵便是鬼娘也不捨的去了
前腔腸斷三年怎墜海明珠去復旋旦爹娘面陰司
裏憐念把寃還貼小姐你怎生出的墳來旦好難言
老旦是怎生來旦則感的是東岳大恩眷托夢一箇
書生把墳踹穿老旦書生何方人氏、旦是嶺南柳夢
梅、貼怪哉當真有箇柳和梅老旦怎到得這裏來、旦

團奇迸淚看他遞續幾層

浹雨堂云踹本音鍛今借作揣音
諢一和字妙

痛絕歡絕

放刁

冰絲館加評糊突地對明白天玉茗偶句之工如此狐支亂衍三昧話兒快雨堂云蘇諸本俱誤疎茲從葉譜改定出脫自家妙也是含糊支過

他來科選〔老旦〕這等是箇好秀才快請相見〔旦〕我央他探淮揚動定去把爹娘看因此上獨眠深院獨眠深院〔老旦背與貼語介〕有這等事〔貼〕便是難道有這樣出跳的鬼〔老旦回泣介〕我的兒呵

番山虎〔旦〕則道你烈性上青天端坐在西方九品蓮不道三年鬼窟裏重相見哭的我手麻腸寸斷心枯淚點穿夢魂沉亂我神情倒顛看時兒立地叫時娘各天怕你茶酒無澆奠牛羊侵墓田〔合〕今夕何年今夕何年咦還怕這相逢夢邊

前腔〔旦泣介〕你拋兒淺土骨冷難眠喫不盡爺娘飯江南寒食天可也不想有今日也道不起從前似這般糊突地甚時明白也天鬼不要人不嫌不是前生斷今生怎得連〔合前〕〔老旦〕老姑姑也虧你守著我兒

前腔〔淨〕近的話不堪提嚥早森森地心蘇體寒空和他做七做中元怎知他成雙成愛眷〔低語老旦介〕我捉鬼拿姦知他影戲兒做的恁活現〔合〕這樣奇緣這樣奇緣打當了輪迴一遍

前腔〔貼〕論魂離倩女是有知他三年外靈骸怎全則

如此入想

不文不俗有理有致

妙

得隴就蜀更妙穴地通天

恨他同棺槨少箇郎官誰想他爲院君這宅院小姐呵你做的相思鬼穿你從夫意專那一日春香不鋪其孝筵那節兒夫人不哀哉醮薦早知道你撇離了陰司跟了人上船（合前）

【尾聲】（老旦）感的化生女顯活在燈前面則你的親爹他在賊子窩中沒信傳（旦）娘放心有我那信付的人見他穴地通天打聽的遠

想象精靈欲見難歐陽詹　碧桃何處便驂鸞薛逢

莫道非人身不煖白居易　菱花初曉鏡光寒許渾

第四十九齣　淮泊

【三登樂】（生包袱雨傘上）有路難投禁得這亂離時候走孤寒落葉知秋爲嬌妻思岳丈探聽揚州又誰料他困守淮揚索奔前答救（集唐）那能得計訪情親李白

濁水汚泥淸路塵韓愈　自恨爲儒逢世難盧綸　却憐無事是家貧韋莊　俺柳夢梅陽世寒儒棠杜小姐陰司熱寵得爲夫婦相隨赴科且喜殿試攛過卷子又被邊報躭誤榜期因此小姐呵聞說他尊翁淮揚兵急叫俺沿路上體訪安危親齎一幅春容敬報再生之喜雖

則如此客路貧難、諸凡路費之資、盡出壙中之物、其間零碎寶玩、急切典賣不來、有些成器金銀、土氣銷鎔有限、兼且小生看書之眼、並不認的戥子星兒、一路上賺騙無多、逐日裏支分有盡、到的揚州地面、恰好岳丈大人移鎮淮城、賊兵阻路、不敢前進、且喜因循觧散、不免遞遲數程、

【錦纏道】早則要醉揚州、尋杜牧、夢三生花月樓、怎知他長淮去休、那裡有纏十萬、順天風跨鶴閒遊、則索傍漁樵尋食宿、敗荷衰柳、添一抹五湖秋、那秋意兒

快雨堂加圈
并許黯然銷
魂猶記未第
時秋風旅館
每一吟之輒
淚下也

有許多迤逗咱功名事未酬冷落我斷腸聞秀堪回
首算江南江北有十分愁一路行來且喜看見了揷
天高的淮城城下一帶清長淮水那城樓之上還掛
有丈六闊的軍門旗號大吹大擂想是日晚掩門了
且尋小店歇宿丑上多攙白水江湖酒少賺黃邊風
月錢秀才投宿麽生進店介丑要果酒案酒生天性
（少）不飲丑柴米是要的生喫倒算丑算倒喫（江西口）生花銀伍
分在此丑高銀散碎些待我稱一稱稱介作驚叫介
銀子走了尋介生怎大驚小怪丑秀才銀子地縫裏
走了你看碎珠兒生這等還有幾塊在這裡丑接銀

又走三度介呀秀才原來會使水銀生因何是水銀
背介是了是了小姐殯斂之時水銀在口龍含土成珠
而上天鬼含汞成丹而出世理之然也此乃見風而
化原初小姐死水銀也死如今小姐活水銀也活了
則可惜這神奇之物世人不知回介也罷了店主人
你將我花銀都消散去了如今一釐也無這本書是
我平日看的准酒一壺丑書破了生貼你一枝筆丑
筆開花了生此中使客往來你可也聽見讀書破萬

請書那裡何上宜添想必也有人報知

游戲。。冰絲館云臨川關目無非游戲會得游戲二字方解臨川用筆之神

卷、[丑]不聽見、[生]可聽見夢筆、吐千花、[丑]不聽見、

皂羅袍[生作笑介]可笑一場閒話破詩書萬卷、筆蕊千花、是我差了、這原不是換酒的東西、[丑笑介]神仙留玉佩卿相解金貂、[生]你說金貂玉佩那裡來的、有朝貨與帝王家、金貂玉佩書無價、你還不知哩、便是千金小姐依然嫁他、一朝臣宰端然拜他、[丑]要他則甚、[生]讀書人把筆安天下、[生]不要筆不要書這把雨傘可好、[丑]天下雨哩、[生]明日不走了、[丑]餓死在這裡、「怎麼」

[生笑介]你認的淮揚杜安撫麼、[丑]誰不認的、明日喫

太平宴哩、[生]則我便是他女壻來探望他、[丑驚介]喜是相公說的早、杜老爺多早發下請書了、[生]請書那裡、[丑]和相公瞧去、[丑]請生行介待小人背褡褳雨傘、行介[生]請書那裡、[丑]兀的不是、[生]這是告示居民的、[丑]便是你瞧、

前腔[丑]禁爲閒遊姦詐、杜老爺是巴上生的、自三巴到此萬里爲家、不教子姪到官衙、從無女壻親閒踏、這句單指你相公、若有假充行騙地方稟拿下面說小的了、扶同歇宿罪連主家爲此須至關防者右示

快雨堂云游戲者乃竺典所謂自在神通游戲三昧也

有關照

快雨堂加評寄慨特深痴境

通知、建炎三十二年五月日示、你、看後、面、安、撫、司、杜、大、花、押、上、面、蓋、著、一、顆、欽、差、安、撫、淮、揚、等、處、地、方、提、督、軍、務、安、撫、司、使、之、印、鮮、明、紫、粉、相、公、相、公、你、在、此消、停、小、人、告、回、了、各、人、自、掃、門、前、雪、休、管、他、家、屋、上霜、下生淚介我的妻、你、怎知丈夫到此悽惶無地也、作望介呀、前面房子門上有大金字、咱投宿去、看介四箇字漂母之祠怎生叫做漂母之祠、看介原來壁上有題、昔賢懷一飯、此事已千秋、是了、乃前朝淮陰侯韓信之恩人也、我想起來、那韓信是箇假齊王、尚然有人一飯、俺柳夢梅是箇眞秀才、要杯冷酒不能勾、像這漂母、俺拜他一千拜。

鶯皂袍拜介垂釣楚天涯、瘦王孫遇漂紗、楚重瞳較比這秋波瞎、太史公表他淮安府祭他甫能勾一飯千金價、看古來婦女多有俏眼兒、文公乞食僖妻禮他、昭關乞食相逢浣沙、鳳尖頭叩首三千下、起更了、廊下一宿、早去伺候開門、沒水梳洗、看介好了下雨哩。

舊事無人可共論韓愈只應漂母識王孫王遵

轅門拜手儒衣弊 劉長卿 莫使沾濡有淚痕 韋洵美

第五十齣 鬧宴。。

粱州令 外引丑衆上 長淮千騎鴈行秋。浪捲雲浮思鄉淚。國倚層樓 合 看機遘逢奏凱。且遲留 昭君怨 萬里封侯、岐路幾、兩英雄、艸屨秋、城鼓角、催老將、來烽火平安。昨夜夢醒家山。淚下兵戈未許歸。意徘徊。我杜賓身爲安撫。時值兵衝圍。絕救援。貽書解散李寇既去、金兵不來。中間善後事宜。且自看詳停當。分付中軍門外伺候。衆下 丑把門介 外嘆介 雖有存城之

癡境

懂、實切亡妻之痛、（淚介）我的夫人呵、非已單本題請他的身後恩典、兼求賜假西歸、未知旨意何如、正是功、名、富、貴、艸、頭、露、骨、肉、團、圓、錦、上、花、（看文書介）

金蕉葉（生）破衣巾攜春容上 **窮愁客愁正搖落鴈飛時候。**（整容介）**帽兒光整頓從頭、**還則怕**未分明的門楣認否**（丑喝介）甚麼人行走、（生）是杜老爺女壻拜見（丑）當眞、（生）秀、才、無、假、（丑進稟介）（外）關防明白了、問丑（介）那人材怎的、（丑）也不怎的、袖著一幅畫兒、（外笑介）是。箇。畫。師。則說老爺軍務不閒便了、（丑見生介）老爺軍務不閒、請自在、（生）叫、我、自、在、自、在、不、成、人、了、（丑）等你去成人不自在、（生）老爺可拜客、（丑）今日文武官僚喫太平宴、牌簿都繳了、（生）太哥、怎麼叫做太平宴、（丑）這是各邊方年例、則今年退了賊、筵宴盛些、席上有金花樹。銀臺盞。長尺頭。大元寶。無數的。你是老爺女壻。背幾箇去。（生）原來如此、則怕進見之時、考一首太平宴詩、或是軍中凱歌、或是淮清頌、急切怎好、且在這班房裏蹬著打想一篇、正、是、有、備、無、患、（丑）秀才還不走、文武官員來也、（生下）

不放過

妙對

梁州令 末扮文官上 長淮望斷塞垣秋喜兵甲潛收、賀昇平歌頌許吾流 淨扮武官上 兼文武陪將相宴公侯 請了 末 今日我文武官屬太平宴水陸務須華盛歌舞都要整齊 末淨見介 聖天子萬靈擁輔老君侯八面威風寇兵銷咫尺之書軍禮設太平之宴謹已完備望乞俯容 外 軍功雖畢未難當年例有諸公怎麼難言奏凱聊用舒懷 內鼓吹介 丑持酒上 黃石兵書三寸舌清河雪酒五加皮酒到、

梁州序 外澆酒介 天開江左地沖淮右氣色夜連刁斗 末淨進酒介 長城一線何來得御君侯喜平銷戰氣不動征旗一紙書回寇那堪羌笛裏望神州這是萬里籌邊第一樓 合 乘塞草秋風候太平筵上如淮酒盡慷慨爲君壽

前腔 外 吾皇福厚羣才策湊半壁圍城堅守 末淨 分明軍令杯前借箸題籌 外 我題書與李全夫婦呵也是燕支卻虜夜月吹笳一字連環透不然無救也怎生休不是天心不聚頭 合前 內擂鼓介 老旦扮報子上 金貂并入三公府錦帳誰當萬里城報老爺奏本

老成大樣

快雨堂加評　沈鬱蒼涼

已下、奉有聖旨、不准致仕、欽取老爺還朝、同平章軍國大事、老夫人追贈一品貞烈夫人、（末淨）平章乃宰相之職、君侯出將入相、官屬不勝欣仰、

【前腔】（末淨送酒介）攬貂蟬歲月淹留、慶龍虎風雲輻輳、君侯此一去呵、看洗兵河漢、接天高手、偏好桂花時節、天香隨馬、簫鼓鳴、清晝、到長安宮闕、裏報高秋、可也、河上砧聲、憶舊遊、（合前）（外）諸公皆高才壯歲、自致封侯、如杜寶者、白首還朝、何足道哉、

【前腔】每日價看鏡登樓、淚沾衣渾不如舊、似江山如

此光陰難又、猛把吳鉤看了、闌干拍遍、落日重回首此去呵、恨南歸艸艸、也寄東流、（舉手介）你可也明月同誰嘯庾樓、（合前）（生上）腹稿已吟、就名單還未通、見（丑介）大哥替我再一稟、（丑）老爺正喫太平宴、（生）我太平宴詩也想就、一首了、太平宴還未完、（丑）誰叫你想來、（生）大哥、俺是嫡親女壻、沒奈何稟一稟、（丑進稟介）稟老爺、那箇嫡親女壻、沒奈何稟見、（外）好打、（丑出作惱推生走介）（生）老丈人高宴未終、咱半子禮當恭候、（下）（旦貼扮女樂上）壯士軍前半死生、美人帳下能歌

助惱添油

舞、營妓們叩頭、

節節高 轅門簫鼓啾、陣雲收、君恩可惜淮揚寇、貂插首、玉垂腰、金佩肘、馬敲金鐙也、秋風驟、展沙堤笑拂朝天袖、合 但捲取江山獻君王、看玉京迎駕把笙歌奏 生上 欲窮千里目、更上一層樓、想歌闌宴罷、小生飢困了、不免沖席而進、丑攔介 餓鬼不羞、生惱介 你是老爺跟馬賤人、敢辱我乘龍貴壻、打不的你、生打丑介 外問介 軍門外誰敢喧嚷、丑 是早上嫡親女壻、叫做沒奈何的、破衣、破帽、破褡褳、破雨傘、手裏拿一幅、破畫兒、說、他餓的荒了、要來衝席、但勸的都打、連

打了九箇半、則剩下小的這半箇臉兒、外惱介 可惡、本院自有禁約、何處寒酸、敢來狐賴、末淨 此生委係乘龍屬官、禮當攀鳳、外 一發中他計了、叫中軍官暫時拿下、那光棍逢州換驛、遞解到臨安監候、老旦扮中軍官應介 出縛生介 生 冤哉、我的妻呵、因貪弄玉爲秦贅、且戴儒冠學楚囚、下 外 諸公不知、老夫因國難分張、心痛如割、又放著這等一箇無名字來歷噪人、愈生傷感、末淨 老夫人受有國恩、名標烈史、蘭玉

迴顧

自有不必慮懷、叫樂人進酒

【前腔】（末淨）江南好宦遊急難休、樽前且進平安酒、看福壽有子女悠夫人又、（外）竟醉矣、（旦貼作扶介）（外淚介）問英雄淚倩盈盈袖、傷心不爲悲秋瘦、（合前）（外）諸公請了、老夫歸朝念切、即便起行、（內鼓樂介）

【尾聲】明日離亭一杯酒、（末淨）則無奈丹青聖主求、（外笑介）怕畫的上麒麟人白首、

萬里沙西寇已平 張喬　東歸銜命見雙旌 韓翃

塞鴻過盡殘陽裏 耿湋　淮水長憐似鏡淸 李紳

第五十一齣　榜下

（老旦丑扮將軍持瓜鎚上）鳳舞龍飛作帝京、巍峩宮殿羽林兵、天門欲放傳臚喜、江路新傳奏凱聲、請了、聖駕升殿、

【北點絳唇】（外扮老樞密上）整點朝綱、籌量邊餉、山河壯、（淨扮苗舜賓上）翰院文章顯豁的昇平象、請了、恭喜李全納款、皆老樞密調度之功也、（外）正此引奏、前日先生看定狀元試卷、蒙聖旨武偃文修、今其時矣、（淨）正此題請、呀、一箇老秀才走將來、好怪好怪、（末破

衣巾捧表上。先師孔夫子。未得見周王。本朝聖天子。得覩我陳最良。非小可也。見外淨介生員陳最良告揖。淨驚介又是遺才告考麽。末不敢生員是這樞密老大人門下引奏的。外則這生員是杜安撫叫他招安了李全。便中帶有降表。故此引見。內響鼓介唱介奏事官上御道。外前跪引末後跪叩頭介外掌管天下兵馬知樞密院事臣謹奏。恭賀吾主聖德天威。淮寇來降。金兵不動。有淮揚安撫臣杜寶。敬遣南安府學生員臣陳最良奏事。帶有李全降表進呈。微臣不

勝懽忭。內介杜寶招安李全一事。就著生員陳最良詳奏。外萬歲。起介末帶表生員臣陳最良謹奏。

駐雲飛淮海維揚。萬里江山氣脈長。那安撫機謀壯。矯詔從寬蕩。嗏李賊快迎降。他表文封上。邊塞聞知。不敢兵南向。他則好看花到洛陽。咱取次勤王到汴梁。內介奏事的午門外候旨。末萬歲。起介淨跪介前廷試看詳文字官臣苗舜賓謹奏。

前腔殿策賢良。榜下諸生候久長。亂定人歡暢。文運天開放。嗏文字已看詳。臚傳須唱。莫遣夔龍久滯風

雲望早是蟾宮桂有香御酒封題菊半黃（內介）午門
外候旨（淨）萬歲（起行介）今當榜期這些寒儒却也候
久（外笑介）則這陳秀才夾帶一篇海賊文字到中的
快（內介）聖旨已到跪聽宣讀朕聞李全賊平邊兵迴
避甚喜甚喜「朕心嘉悅」此乃杜寶大功也杜寶已前有旨欽取
回京陳最良有奔走口舌「使命」之才可充黃門奏事官賜
其冠帶其殿試進士於中柳夢梅可以狀元金瓜儀
從杏苑赴宴謝恩（衆呼萬歲起介）（扮雜取冠帶上）黃
門舊是黌門客藍袍新作紫袍仙（末作換冠服介）二

位老先生告揖（外淨賀介）恭喜恭喜明白便借重新
黃門唱榜了（末）適間宣旨狀元柳夢梅何處人（淨）嶺
南人此生遭際的奇異（外）有甚奇異（淨）其日試卷看
詳已定將次進呈恰好此生午門外放聲大哭告收
遺才原來爲搬家小到京遲誤學生權收他在附卷
進呈不想點中狀元（外）原來有此（末背想介）聽來敢
便是那箇那箇柳夢梅他那有家小是了那老道姑
做一家兒（同介）不瞞老先生這柳夢梅也和晚生有
舊（外淨）一發可喜了

只是老湯不狀元耳 快雨堂云差字去聲幽媾滴滴金曲中亦然中州韻有此音

索字隹

榜題金字射朝暉（鄭畋）獨奏邊機出殿遲（王建）
莫道官忺身老大（韓愈）曾經卓立在丹墀（元稹）

第五十二齣 索元。。

吳小四〈淨扮郭駝傘包上〉天九萬、路三千、月餘程、抵半年、破虱褒衣擔壓肩、壓的頭臍匾又圓、扢喇察龜兒爬上天、謝天、老駝到了臨安、京城地面、好不繁華、則不知柳秀才去向、俺且往大街上瞧去、呀、一夥臭軍踢秃秃走來、且自迴避、正是不因漁父引、怎得見波濤、〈下〉

六么令〈老旦丑扮軍校旗鑼上〉朝門榜遍、怎生狀元柳夢梅不見、又不是黃巢下第、題詩趉排門的問刻期宣、再因循敢淹答了杏園公宴、〈老旦笑介〉好笑好笑、大宋國一場怪事、你道差不差、中了狀元干憋煞、你道奇不奇。中了狀元囉唣。你道與不與。中了狀元狐廝踁。你道山不山。中了狀元一道烟。天下人古怪。不像嶺南人、你瞧這駕牌上、欽點狀元嶺南柳夢梅、年二十七歲、身中材、面白色、這等明明道著、却普天下找不出這人、敢家、去、哩、化、哩、睡、覺哩、則淹了瓊

冰絲館云諸本俱作繾且臨川好用繾字三婦本作綻失韻且不妙

林宴席面兒、【丑】哥、人山人海、那裡淘氣去、俺們把一。位帶了儒巾喫宴去正身出來算還他席面錢【老】使不得、羽林衞宴老軍替得瓊林宴進士替不得他要杏苑題詩【丑】哥看見幾箇狀元題詩哩依你說叫去、行【叫介】狀元柳夢梅那裡、【叫】三次【介】老旦長安東西十二門、大街都無人應、小衙衕叫去、【丑】這蘇木衚衕有箇、海、南、會、館、叫地方問他、【叫介】【內應介】老長官貴幹、【老旦丑】天大事、你在睡夢哩、聽分付、

香柳娘問新科狀元問新科狀元【內】何處人【衆】廣南鄉貫【內】是何名姓、【衆】柳夢梅面白無巴繾、【內】誰尋他、【衆】是當今駕傳、是當今駕傳要得柳如烟、裁開杏花宴【內】俺這一帶鋪子都沒有、則尨市王大姐家歇著箇番鬼【衆】這等去去去、【合】柳夢梅也天柳夢梅也天、好幾箇盤旋影兒不見、【下】【集句】【貼扮妓上】殘鶯何事不知秋、李後主 日日悲看水獨流、王昌齡 便從巴峽穿巫峽、杜甫 錯把杭州作汴州、林升 奴家王大姐是也、開箇門戶在此天一箇孤老不見幾箇長官撞的來、【老旦丑上】王大姐喜哩、柳狀元在你家、【貼】什麼柳狀元、【衆】番鬼哩、

（貼）不知道、（眾）地方報哩、

汀西口

（前腔）笑花牽柳眠、笑花牽柳眠、（貼）昨日有箇雞不著褲去了、（眾）原來十分形現、敢柳遮花映、做葫蘆纏、有狀元麼、（貼）則有箇狀匾、（丑）房兒裏狀匾去、（進房搜介）（眾諢貼走下介）（眾）找烟花狀元、找烟花狀元、熱趕在誰邊、毛臊打教遍、（去罷、合前下）

（前腔）（淨拐杖上）到長安日邊、到長安日邊、果然風憲、九街三市排場遍、（柳相公呵、）他行蹤杳然、他行蹤杳然、有了悄家緣、風聲兒落誰店、少不的大道上行走、

玉茗堂還魂記卷下

那柳夢梅也天、（老旦丑上）柳夢梅也天、好幾箇盤旋、影兒不見、（丑作撞跌淨、淨叫介）跌死人、跌死人、（丑作拿淨介）俺們叫柳夢梅、你也叫柳夢梅、則拿你官裡去、（淨叩頭介）是了、梅花、梅花觀的事發了、小的不知情、（眾笑介）定說你知情、是他什麼人、（淨聽稟老兒呵、）

（前腔）替他家種園、替他家種園、遠來探看、（眾作怔可尋著他哩、（淨）猛紅塵透、不出東君面、（眾）你定然知他去向、（淨）長官可憐、則聽見他到南安、其餘不知、（眾）好笑、好笑他到這臨安應試、得中狀元了、（淨驚喜介）他

㧞奇堆繡

中了狀元他中了狀元踏的菓園穿攀花上林苑長官他中了狀元怕沒處尋他衆便是呢合前衆也罷饒你這老兒恊同尋他去

一第由來是出身鄭谷　五更風水失龍鱗張署

紅塵望斷長安陌韋莊　只在他鄉何處人杜甫

第五十三齣　硬拷

風入松慢生上無端雀角土牢中是什麼孔雀屏風一杯水飯東牀用草牀頭繡褥芙蓉天呵繫頸的是定昏店赤繩羈鳳領解的是藍橋驛配遞乘龍集唐

夢到江南身旅羈。方干包羞忍恥是男兒。杜牧自家。妻父。猶。如。此。孫元賓若問傍人那得知。崔顥俺柳夢梅因領杜小姐言命、去淮揚謁見杜安撫、他在衆官面前、怕俺寒傖薄相、故意不行識認、遞解臨安、想他將次下馬、提審之時、見了春容、不容不認、只是眼下悽惶也、淨扮獄官丑扮獄卒持棍上試喚臯陶鬼方知獄吏尊、咄、淮安府解來囚徒那裏、生見犖手介淨見面錢、生少有、丑入監油、生也無、淨惱介哎呀、一件也沒有、大膽來犖手、打介生不要打、儘行裝檢去便了、丑檢介這

箇酸鬼、一條破被單裹軸小畫兒、看畫介丑是軸觀音、送奶奶供養去、生都與你、去則留下畫軸兒、丑作搶畫生扯介末扮公差上儼殺乘龍壻、冤遭下馬威、獄官那裏、丑揖介原來平章府祗候哥、末票示介平章府提取遞解犯人一名、及隨身行李赴審、丑人犯在此、行李一些也無、生都是這獄官搬去了、末搬了幾件、拿狗官平章府去、丑淨慌叩頭介則這畫軸被單兒、末這狗官還了秀才、快起解去、淨丑應介押生行介老相公、你便行動些、見略知孔子三分禮、不犯

迆哩之談

采搭綪巧

逼元

快雨堂云拿奸縱親字為句音律文義之間煞難安頓

閧、便做是我遠房門壻呵你嶺南吾蜀中牛馬風遥甚處裡絲蘿共敢一棍兒走秋風指說關親騙的軍民動生你這樣女壻眠書雪案立榜雲霄自家行止用不盡要秋風老大人外還強嘴、搜他裹袱裏、定有假、雕、書、印、併、贓、拿、賊丑開袱介破布單一條、畫觀音一、幅外看畫驚介呀見贓了、這是我女孩兒春容、你可到南安、認的石道姑麼、生認的外認的箇陳教授麼、生認的、外天眼恢恢原來刼墳賊便是你左右采下打、生誰敢打、外這賊快招來、生誰是賊老大人拿賊見贓不會捉奸見牀

折桂令生你道証明師一軸春容、外春容分明是殉葬的、生可知道是蒼苔石縫迸坼了雲蹤外快招來、生我一謎的承供供的是開棺見喜攩煞逢凶外壙中還有玉魚金椀、生有金椀呵兩口兒同匙受用玉魚呵和我九泉下比目和同外還有哩、生玉碾的玲瓏金鎖的玎玲外都是那道姑、生則那石姑姑他識趣拿奸縱却不似你杜爺爺逞拿賊威風外他明明招了、叫令史取過一張堅厚官綿紙、寫下親供犯人

冰絲館云俗有改縱爲總屬下句讀者謬甚

一片痴境系、絲、彫孔作箇、痴字

快雨堂云得勝令多二句卽以爲臨川體也可

官話

一名柳夢梅、開棺劫財者斬、寫完、發與那死囚、於斬字下押箇花字、會成一宗文卷、放在那裡、（貼）扮吏取供紙上稟爺定箇斬字、（外寫介）（貼）叫生押花字（生）不伏介（外）你看這吃敲才、

江兒水眼腦兒天生賊、心機使的凶、還不畫紙、（生）誰慣來、（外）你紙筆硯墨則好招詳用、（生）生員又不犯奸盜、（外）你奸盜詐僞機謀中、（生）因令愛之故、（外）你精奇古怪虛頭弄、（生）令愛現在、（外）現在麼把他玉骨拋殘心痛、（生）拋在那裡、（外）後苑池中。月冷斷魂波動（生）誰見來、（外）陳教授來報知、（生）生員爲小姐費心除了天知。地知。陳最良那得知。

鴈兒落我爲他禮春容叫的凶、我爲他展幽期躭怕恐、我爲他點神香開墓封、我爲他唾靈丹活心孔、我爲他偎熨的體酥融、我爲他洗發的神清瑩、我爲他度情腸款款通、我爲他啓玉肞輕輕送、我爲他軟溫香把陽氣攻、我爲他搶性命把陰程迸、神通、醫的他女孩兒能活動、通也麼通、到如今風月兩無功、（外）這賊都說的是甚麼話、著鬼了、左右取桃條打他、長流

不但打而且弔打爲狀元者不亦難乎

投官府尋狀元更覺針線不然如何聽得

覺於情事尚碍似謂相公也是該打的

水噴他。丑取桃條上要的門無鬼、先教園有桃、桃條在此、外高弔起打、衆弔起生作打介生叫痛轉動衆譁打鬼介噴水介淨扮郭駝枴杖同老旦貼扮軍校持金瓜上天上人間忺不忺開科失却狀元郎、一向找尋柳夢梅、今日再尋不見打老駝、淨難道要老駝賠買酒你喫叫去是、叫介狀元柳夢梅那裡、外聽介衆叫下外問丑介丑不見了新科狀元聖旨著沿街尋叫、生大哥、開榜哩狀元誰、外惱介這賊閒管掌嘴掌嘴、丑掌生嘴介生叫寃屈介老旦貼淨依前上但

聞丞相府不見狀元郎、喚平章府打誼鬧哩、聽介淨裏面聲息像有俺家相公哩、衆進介淨向前哭介弔起的不是相公也、生列位救俺、淨誰弔相公來生是這平章、淨將拐杖打外介搽老命打這平章外惱介誰敢無禮、老旦貼駕上的來尋狀元柳夢梅、生大哥、柳夢梅便是小生、淨向前解生外扯淨跌介生你是老駝、因何至此。淨俺一逕來尋相公喜的中了狀元。生眞箇的。快向錢塘門外報杜小姐喜。老旦貼找著了狀元、連俺們也報知黃門官奏去未去朝天子、先

梁字好棟字亦寓門楣

快雨堂加評違宣抗勅是元人熟爛語用在此處異樣精彩插宮花句亦然

來激相公。（下）（外）一。路。的。光。棍。去。了。正好拷問這廝。左右再與俺弔將起來。（生）待俺分訴些、難道狀元是假的、（外）凡爲狀元者、登科記爲證、你有何據、則是弔了打便了、（生叫苦介）（淨扮苗舜賓引老旦貼扮堂候官捧冠袍帶上）踏破草鞋無覓處、得來全不費工夫、老公相住手、有登科記在此、

不通

僥僥犯（淨）則他是**御筆親標第一**。紅柳夢爲梁棟。（外）敢不是他、（淨）是晚生本房取中的。（生）是苗老師哩。救門生一救。（淨笑介）你高弔起**文章鉅公**打**桃枝受用**。告過老相公、軍校快請狀元下弔、（貼放生叫疼煞介）（淨）可憐可憐、是。**斯文倒喫盡斯文痛無情棒打多情種**。（生）他是俺丈人、（淨）原來是倚**太山壓卵欺鸞鳳**。（老旦）狀元懸梁刺股。（淨）罷了、一領宮袍遮蓋去。（外）什麼宮袍扯了他、

收江南（外扯住冠服介）（生）呀、你敢**抗皇宣罵勅封**。早**裂綻我御袍紅**、似人家**女壻**呵、**拜門**也**似乘龍**、偏我**帽光光走空**、你**桃夭夭煞風**、（老旦替生冠服插花介）（生）老平章、好看我**插宮花帽壓君恩重**。（外）柳夢梅怕

捎帶

冰絲館加評
異彩奇思能
令諸天雨花
六種震動

不是他、果是他、便童生應試、也要候案、怎生殿試了、
不候榜開、淮揚狐撞、（生）老平章是不知、爲因李全兵
亂、放榜稽遲、令愛聞的老平章有兵寇之事、著我一
來上門、二來報他再生之喜、三來扶助你爲官、好意
成惡意、今日可是你女壻了、（外）誰、認、你、女、壻、
【園林好】（淨衆）嗔怪你會平章的老相公。不刮目破窰
中。呂蒙忒做作前輩們性重。（笑介）敢折倒你丈人峯。
（外）悔、不將、劫、墳、賊、監、候、奏、請、爲、是、
【沽美酒】（生笑介）你這孔夫子。把公冶長陷縲絏中。我

柳盜跖打地洞。向鴛鴦塚。有日呵。把燮理陰陽問相
公。要無語對春風。則待列笙歌畫堂中。搶絲鞭御街
攔縱。把窮柳毅賠笑在龍宮。你老夫差失敬了韓重。
江西口
我呵。人雄氣雄。老平章深躬淺躬。請狀元升東轉東。
呀。那、時、節、纔、提、破、了、牡、丹、亭、杜、鵑、殘、夢。老平章請了。
你。女。壻。赴。宴。去。也。
【北尾】你險把司天臺失陷了文星空。把一箇有對付
的玉潔氷清烈火烘。咱想有今日呵、越、顯、的、俺、玩花
柳、的、女、郎、能、則要你那打、桃、條、的、相、公、懂、（下）（外弔場）

刻毒

也點也抹以其未曾告白一番何由細知

快雨堂云原評未允前鴈兒落一曲已經言明且牡丹亭接縫鬬筍處俱是風去雨還不必執著

氷絲館云存原評亦見前人論文嚴密

畀哉畀哉。還是賊還是鬼。堂候官、去請那新黃門陳老爺到來商議、【丑】知道了、謁者有如鬼狀元還似人、【下】【末扮陳黃門上】官。運。精。神。老。不。眠。早朝三下聽鳴鞭。多沾聖主隨朝米。不受村童學俸錢。自家陳最良、因奏捷聖恩可憐。欽授黃門此皆杜老相公擡舉之恩、敬此趣謝、【丑上見介】正來相請少待通報、【進報見介】【外笑介】可喜可喜、昔爲陳白屋、今作老黃門、【末】新恩無報效、舊恨有還魂、適間老先生三喜臨門、一喜官居宰輔、二喜小姐活在人間、三喜女壻中了狀元、

【外】陳先生教的好女學生成精作怪哩【末】老相公葫盧提認了罷、【外】先生差矣此乃妖孽之事爲大臣的、必須奏聞滅除爲是、【末】果有此意容晩生登時奏上取旨何如、【外】正合吾意、

夜度滄州怪亦聽　陸龜蒙　可關妖氣暗文星　司空圖
誰人斷得人間事　白居易　神鏡高懸照百靈　殷文圭

第五十四齣　聞喜

【遶地遊】【貼上】露寒淸怯。金井吹梧葉。轉不斷轆轤情劫。咳、俺小姐爲夢見書生、感病而亡已經三年、老爺

人字妙

氷絲館加評詩句工絕

須問過來人句句不離題所以文妙

與老夫人時時痛他孤寃無靠誰知小姐到活活的跟著箇窮秀才寄居錢塘江上母女重逢眞乃天上人間怪怪奇奇何事不有今日小姐分付安排綉牀溫習針指小姐早到也

遶紅樓（旦上）秋過了平分日易斜恨辭梁燕語周遮人去空江身依客舍無計七香車秋風吹冷破牕紗夫壻揚州不到家玉指淚彈江北艸金鍼閒刺嶺南花春香俺同柳郎至此即赴試闈虎榜未開揚州兵亂俺星夜賫發柳郎打聽爹娘消息且喜老萱堂不意而逢則老相公未知下落想柳郎剋下可到料今番榜上高題須先剪下羅衣襯其光彩（貼）綉牀停當請自尊裁（旦）裁衣介裁下了便待縫將起來（縫介）（貼）小姐俺淡口兒閒嗑你和柳郎夢裏陰司裏兩下光景何如

羅江怨（旦）春園夢一些到陰司裏有轉折夢中逗的影兒別陰司較追的情兒切（貼）還寃時像怎的（旦）似夢重醒猛回頭放教跌（貼）陰司可也有耍子處（旦）一般兒輪迴路駕香車愛河邊題紅葉便則到鬼門關

氷絲館云幽艷至此太白仙才長吉鬼才一時雙絕矣實甫瓜首

快雨堂云原許看入深際

逐夜的望秋月。

前腔【貼】你風姿恁惹邪情腸害劣小姐、你香魂逗出了夢兒蝶把親娘腸斷了影中蛇不道燕冢荒斜再立起鴛鴦舍則問你會書齋燈怎遮送情杯酒怎賒取喜時也要那破頭稍一泡血【旦】蠢丫頭幽歡之時彼此如夢問他則甚呀奶奶來的恁忙也、

玩仙燈【老旦慌上】人語鬧吱嚏聽風聲似是女孩兒關節見聽見外廂喧嚷新科狀元是嶺南柳夢梅、【旦】有這等事、、、

前腔【淨忙走上】旗影兒走龍蛇甚宣差教來近者、【見介】奶奶小姐、駕上人來、俺看門去也【下】

入賺【外丑扮軍校持黃旗上】深巷門斜、抓不出狀元門第也這是了、【敲門介】【老旦】聲息兒恁怔忡、把門兒偷瞥、【啓門校衝開介】【老旦】那衙門來的、【校】星飛不迭你看這旗看這旗影兒頭勢別、是黃門官把聖旨教傳洩、【老旦叫介】兒、原來是傳聖旨的、【旦上】斗膽相詢、金榜何時揭、可有柳夢梅名字高頭列、【校】他中了狀元、【旦】眞箇中了狀元、【校】則他中狀元急節裏遭磨滅、

聰明之極

〔旦驚介〕是怎生〔校〕往淮揚觸犯了杜參爺、毋回京把他做劫墳塋的賊決〔老旦〕俺兒謝天謝地老爺平安回京了、他那知世間有此重生之事〔旦〕這却怎了〔校〕正高弔起猛桃條細抽掣、被官裏人搶去遊街歇〔旦〕恰好哩〔校〕平章他勢大動本了、說劫墳之賊不可以作狀元〔旦〕狀元可也辨一本兒〔校〕狀元也有本、那平章奏他惡茶白賴把陰人竊、那狀元呵、他說頭帶魁罡不受邪、便是萬歲爺聽了成癡呆〔旦〕後來〔校〕僥倖有箇陳黃門是平章爺故人、奏准要平章狀元和小姐三人駕前勘對、方取聖裁〔老旦〕呀陳黃門是誰〔校〕

是陳最良、他說南安教授曾官舍、因此杜平章擡舉他掌朝班通御謁〔老旦〕一發詫異哩〔校〕便是他著俺們來宣旨、分付你家一更梳洗二鼓喫飯三鼓穿衣四更走動、到的五更三點徹、響玎璫翠佩、那是朝時節〔旦〕獨自箇怕人〔校〕怕甚麼、平章宰相你親爺、狀元妻妾、俺去了〔旦〕再說些去〔校〕明朝金闕討你幡撞門紅去了也〔下〕〔旦〕娘爹爹高陞、柳郎高中、小旗兒報捷、又是平安帖、把神天叩謝、神天叩謝

江西

快雨堂云个舊本俱訛介茲從葉譜訂正

滴溜子〔拜介〕當日的當日的梅根柳葉、無明路無明路、曾把遊魂再疊、果應夢花園後摺、甫能勾進到頭、搶了捷鬼趣、裏因緣人間判貼、

前腔〔老旦〕雖則是雖則是希奇事業、可甚的可甚的驚勞駕帖、他道你是花妖害怯、看承的柳抱懷做花下劫、你那爹爹呵、沒得个符兒、再把花神召攝、

尾聲 女兒緊簪束揚塵舞蹈搖花頰、〔旦〕叫俺奏箇甚麼來、〔老旦〕有了、你活人硬証無虛脅、〔旦〕少不的、萬歲君王聽臣妾、〔淨扮郭駝上〕要問黿鼉窟、還過烏鵲橋、

兩日再尋箇錢塘江不著、正好撞著老軍、說知夫人下處抖擻了進去、〔見介〕〔老旦〕是誰、〔淨〕狀元家裏老駝、恭喜了、〔旦〕辛苦、可見了狀元、〔淨〕俺往平章府搶下了狀元要夫人見朝也、

往事閒徵夢欲分 韓溉 今晨忽見下天門 張籍

分明為報精靈輩 僧貫休 淡掃蛾眉朝至尊 張祜

第五十五齣 圓駕

淨丑扮將軍持金瓜上 日月光天德、山河壯帝居、萬歲爺升朝在此直殿、

不得不心折伊

玉茗堂還魂記卷下

北點絳唇（末上）寶殿雲開、御爐烟靄乾坤泰。（回身拜介）日影金堦、早唱道黃門拜。（集唐）鸞鳳旌旗拂曉陳。（韋元旦）傳聞闕下降絲綸。（劉長卿）興王會淨妖氛氣。（杜甫）不問蒼生問鬼神。（李商隱）自家大宋朝新除授一箇老黃門陳最良是也、下官原是南安府飽學秀才、因柳夢梅發了杜平章小姐之墓、徑往揚州報知平章、念舊著僉說平李寇、告捷效勞、聖恩欽賜黃門奏事之職、不想平章同朝、恰遇柳生拔見、當時拿下、遞解臨安府監候、却說柳生先曾擴過卷子、中了狀元、找尋之間、恰好

狀元弔在杜府拷問、當被駕前官校人等衝破府門、搶了狀元上馬而去、到也罷了、又聽的說俺那女學生杜小姐也返魂在京、平章聽說女兒成了箇色精一發惱激、央俺題奏一本、爲誅除妖賊事、中間劾奏柳夢梅係刼墳之賊、其妖魂托名亡女、不可不誅、杜老先此奏、却是名正言順、隨後柳生也奏一本、爲辨明心迹事、都奉有聖旨、朕覽所奏、幽隱奇特、必須返魂之女面駕敷陳、取旨定奪、老夫又恐怕眞是杜小姐返魂、私著官校傳旨與他、五更朝見、正是三生石上看來去、萬歲臺前辨假眞。

前腔【外】生幞頭袍笏同上【介】【外】有恨粧排、無明躭帶、眞奇怪、【生】啞謎難猜、今上親裁劃、岳丈大人拜揖、【外】誰是你岳丈、【生】平章老先生拜揖、【外】誰和你平章、【生】笑介 古詩、梅雪爭春未肯降、騷人閣筆費評章、今日夢梅爭辯之時、少不的要老平章閣筆、【外】你罪人咬文哩、【生】小生何罪、老平章是罪人、【外】俺有平李全大功、當得何罪、【生】朝廷不知、你那裡平的箇李全、則平的箇李半。【外】怎生止平的箇李半、【生】笑介 你則哄的

怎哄的全正應半字時本於全字上增李字便覺嚼蠟

箇楊媽媽退兵、怎哄、的全、外惱作扯生介誰說、和你
官裏講去、末作慌出見介午門之外誰敢諠譁、見介
原來是杜老先生、這是新狀元放手放手、外放生介
末狀元何事激惱了老平章、外他罵俺罪人俺得何
罪何罪、生你說無罪、便是處分令愛一事也有三大
罪、外那三罪、生太守縱女遊春一罪、外是了、生女死
不奔喪私建菴觀二罪、外罷了、生嫌貧逐壻刁打欽
賜狀元可不三大罪、末笑介狀元以前也罪過些看
下官面分和了罷、生黃門大人與學生有何面分、末

笑介狀元、不知尊夫人、請俺上學、來生敢是鬼請先
生、末狀元忘舊了、生認介老黃門可是南安陳齋長、
末惶恐惶恐、生呀先生俺於你分上不薄、如何妄報
俺為賊、做門館報事不真、則怕做了黃門也奏事不
以實、末笑今日奏事實了、遠望尊夫人將到、二公先
行叩頭禮、內唱禮介奏事官齊班、外生同進叩頭介
外臣杜寶見、生臣柳夢梅見、末平身、外生立左右介
旦上麗娘本是泉下女、重瞻天日拜丹墀、
黃鍾北醉花陰平鋪著金殿琉璃翠鴛瓦、響鳴梢半

天兒刮刺。（淨丑喝介）甚的婦人衝上御道、拿下。（旦驚介）似這般猙獰漢叫喳喳。在閻浮殿見了些青面獠牙。也不似今番怕。（末）前面來的是女學生杜小姐麽、（旦）來的黃門官像陳教授叫他一聲陳師父陳師父（末應介）是也。（旦）陳師父喜哩。（末）學生你做鬼怕不驚駕。（旦）噤聲再休提。探花鬼喬作衙。則說狀元妻來面駕。（淨丑下）（内）奏事人揚塵舞蹈。（旦作舞蹈呼萬歲萬歲介）（内）平身。（旦起）（内）聽旨杜麗娘是眞是假就著伊父杜寳狀元柳夢梅出班識認。（生覷旦作悲介）俺的麗娘妻也。（外覷旦作惱介）鬼也些眞箇一模二樣大膽大膽。（作迴身跪奏介）臣杜寳謹奏臣女亡已三年。此女酷似此必花妖狐媚假托而成。俺王聽啓。

【南畫眉序】臣女沒年多。道理陰陽豈重活。願俺王向金堦一打立見妖魔。（生作泣）好狠心的父親。（跪奏介）他做五雷般嚴父的規模則待要一下裏把聲名煞抹。（起介）（合）便閻羅包老難彈破。除取旨前來撒和。（内）聽旨朕聞人行有影鬼形怕鏡定時臺上有秦朝照膽鏡黃門官可同杜麗娘照鏡看花陰之下有無蹤

再活之恩下陳最良當一邊嘆曰是是是

快雨堂加評有心仿元

一匠心之苦

母之命媒妁之言則國人父母皆賤之杜麗娘自媒自婚有何主見旦泣介萬歲臣妾受了柳夢梅再活之恩

北出隊子真乃是無媒而嫁外誰保親旦保親的是母喪門外送親的旦送親的是女夜叉外這等狐爲生這是陰陽配合正理外正理正理花你那蠻兒一點紅嘴哩生老平章你罵俺嶺南人喫檳榔其實柳夢梅脣紅齒白旦禁聲眼前活立著箇女孩兒親爺不認到做鬼三年有箇柳夢梅認親則你這辣生生回陽附子較爭些爲甚麼翠呆呆下氣的檳榔俊煞了他爺你不認呵有娘在指鬼門現放著實丕丕貝母開談親阿媽老旦上多早晚女兒還在面駕老身揣入正陽門叫寃去也進見跪伏介萬歲爺杜平章妻一品夫人甄氏見駕外末驚介那裡來的眞箇是俺夫人哩外跪介臣杜寶啓臣妻已死揚州亂賊之手臣已奏請恩旨褒封此必妖鬼揑作母子一路自日欺天起介生這箇婆婆是不會認的他內聽旨甄氏既死於賊手何得臨安母子同居老旦萬歲起介

冰絲館加評天才海涌不可思議

南滴溜子【老旦】揚州路、揚州路遭兵劫奪、只得向只得向長安住、托不想到錢塘夜過、嘿撞著麗娘兒鬼似脫、少不的子母肝腸死同生活、【內】聽甄氏所奏、其女重生無疑、則他陰司三載、多有因果之事、假如前輩做君王臣宰不臻的、可有的發付他從直奏來、【旦】這話不題罷了、提起都有、【末】女學生子、不語怪、比如陽世府部州縣、尚然磨刷卷宗、他那裡有甚會案處、

北刮地風【旦】呀、那陰司一樁樁文簿查、使不著你猾律拿喳、是君王有半付迎鬼駕、臣和宰玉鎖金枷、【末】

女學生、沒對證、似這般說、秦檜老太師在陰司裏可受用、【旦】也知道些、說他的受用呵、那秦太師他一進門、忒撈撈的、黑心鎚敲搗了千下、淅另另的紫筋肝剁作三花、【衆驚介】為甚剁作三花、【旦】道他一花兒為大朱、一花為金朝、一花兒為長舌妻、【末】這等長舌夫人有何受用、【旦】若說秦夫人的受用、一到了陰司、撏去了鳳冠霞帔、赤體精光、跳出箇牛頭夜叉、只一對七八寸長指彄兒、輕輕的把那撇道兒搭、長舌揸、【末】為甚、【旦】聽的是東牕事發、【外】鬼話也、且問你、鬼乜邪。

快雨堂加圈并評驪湛之元人出神入化又云真常見竺典作場誤

如此文力纔透

快雨堂加評龍象蹴踏非驢所堪

人間私奔自有條法陰司可有旦有的是柳夢梅七十條爹爹發落過了女兒陰司收贖桃條打罪名加做尊官勾管了簾下則道是沒真常風流罪過些有甚麼饒不過這嬌滴滴的女孩家內聽旨朕細聽杜麗娘所奏重生無疑就著黃門官押送午門外父子夫妻相認歸第成親衆呼萬歲行介老旦恭喜相公高轉了外怎想夫人無恙旦哭介我的爹啊外不理介青天白日小鬼頭遠些遠些陳先生如今連柳夢梅俺也疑將起來則怕也是箇鬼末笑介是踢斗鬼

老旦喜介今日見了狀元女壻女兒再生千十分喜也狀元先認了你丈母罷生揖介丈母光臨做女壻的有失迎待罪之重也旦官人恭喜賀喜生誰報你來旦到得陳師父傳旨來生受你老子的氣也末狀元認了丈人翁罷生則認的十地閻君爲岳丈末狀元聽俺分勸一言

南滴滴金你夫妻趕著了輪迴磨便君王使的箇隨風柁那平章怕不做賠錢貨到不如娘共女翁和壻明交割生老黃門俺是箇賊犯末笑介你得便宜人

冰絲館加評
俚極俗極而
筆趣異樣飛
動元人佳處
如是如是

巧。

偏。會。撒。科。則道你偷天把桂影那。不爭多先偷了地窟裏花枝朶。（旦嘆介）陳師父你不教俺後花園遊去。怎看上這攀桂客來。（外）鬼乜邪、怕沒門當戶對、看上柳夢梅什麽來、

北四門子（旦笑介）是看上他戴烏紗象簡朝衣掛、笑笑笑的來眼媚花。爹娘人家白日裏高結綵樓招不出箇官壻、你女兒睡夢裏鬼窟裏選著箇狀元郎、還說門當戶對、則你箇杜。杜。陵慣把女孩兒嚇。那柳柳州。他可也門戶風華、爹認了女孩兒罷。（外）離。異了柳。夢。梅。回去認你（旦）叫俺回杜家赸了柳衙、便作你杜鵑花、也叫不轉子規紅淚灑。（哭介）哎喲、見了俺前生的爹。即世嬤、顛不刺悄魂靈立化。（旦作悶倒介）（外驚介）俺的麗娘兒（末作望介）怎那老道姑來也、連春香也活在、好笑好笑、我在賊營裏瞧甚來。。。

南鮑老催（淨扮石姑同貼上）官前定奪官前定奪、（打望介）原來一衆官員在此、怎的起、狀元小姐嘴骨都、站一邊、眼見他喬公案斷的錯、聽了那喬教學的嘴兒嗑、（末）春香賢弟也來了、這姑姑是賊、（淨）啐、陳教化。

誰是賊你報老夫人死哩、春香死哩、做的箇、紙棺材。舌鍬撥。（向生介）柳相公喜也、（生）姑姑喜也、這丫頭那裏見俺來、（貼）你、和、小、姐、牡、丹、亭、做、夢、時、有、俺、在、（生）好活人活証（淨貼）鬼團圓不想到眞和合。鬼揶揄不想做人生活。老相公、你便是鬼三台。費評跋（淨、貼竝下）（末）朝門之下、人欽鬼伏之所、誰敢不從、少不得小姐勸狀元認了平章、成其大事、（旦作笑勸生介）柳郎、拜了丈人罷、（生不伏介）

北水仙子（旦）呀呀呀、你好差、（扯生手按生肩介）好好好、點著你玉帶腰身把玉手叉、（生）幾、百、箇、桃、條、（旦）拜拜、拜、拜荆條曾下馬、（扯外介）（旦）扯扯扯、做、太山倒了、架、（指生介）他他他、點黃錢聘了咱、俺俺俺、逗寒食喫了他茶。（指末介）你你你、待求官報信則把口皮喳、（指生介）是是是、是他開棺見槨湔除罷、（指外介）爹爹爹、你可也、罵勾了、咱這、鬼也邪、（丑扮韓子才冠帶捧詔上）聖旨已到、跪聽宣讀、據奏奇異、勅賜團圓、平章杜寶進階一品、妻甄氏、封淮陰郡夫人、狀元柳夢梅、除授編脩院學士、妻杜麗娘、封陽和縣君、就著鴻臚官

冰絲館加評
[illegible]荒寒愈穠
豔色香味皆
非人間所有

全為此結

韓子才送歸宅院、叩頭謝恩、（丑見介）狀元恭喜了、（生）呀、是韓子才兄、何以得此、（丑）自別了尊兄、蒙本府起送先儒之後、到京考中鴻臚之職、故此相會、（生）一發奇異了、（末）原來韓老先生也是舊朋友、（行介）

南雙聲子（衆）姻緣詫、姻緣詫、陰人夢黃泉下、福分大、福分大、周堂內、是這朝門下、齊見駕、齊見駕、眞喜洽、眞喜洽、領陽間誥勅、去陰司銷假、

北尾（生）從今後把牡丹亭夢影雙描畫、（旦）虧殺你南枝挨煖俺北枝花、則普天下做鬼的有情誰似咱。

杜陵寒食草青青。韋應物　羯鼓聲高衆樂停。李商隱

更恨香魂不相遇。鄭瓊羅　春腸遙斷牡丹亭。白居易

千愁萬恨過花時。僧无則　人去人來酒一巵。元稹

唱盡新詞懽不見。劉禹錫　數聲啼鳥上花枝。韋莊

玉茗堂還魂記卷下終

图书在版编目（CIP）数据

玉茗堂还魂记 /（明）汤显祖撰．—北京：中国书店，2013.8

ISBN 978-7-5149-0806-0

Ⅰ.①玉…　Ⅱ.①汤…　Ⅲ.①传奇剧（戏曲）—剧本—中国—明代　Ⅳ.①I237.2

中国版本图书馆 CIP 数据核字（2013）第 118623 号

ISBN 978-7-5149-0806-0

9 787514 908060 >

玉茗堂還魂記

一函四册

作者　明・湯顯祖撰

出版發行　中國書店

地址　北京市西城區琉璃廠東街一一五號

郵編　一〇〇〇五〇

印刷　金壇古籍印刷廠

版次　二〇一三年八月第一版第一次印刷

書號　ISBN 978-7-5149-0806-0

定價　九八〇元